白露

White Dews

刘国华 马鹏程 刘诗吟 赵怀霞 著

敦煌文艺出版社

图书在版编目（CIP）数据

白露 / 刘国华等著. -- 兰州：敦煌文艺出版社，2019.8（2022.1重印）
ISBN 978-7-5468-1762-0

Ⅰ. ①白… Ⅱ. ①刘… Ⅲ. ①电影剧本－作品集－中国－当代 Ⅳ. ①I235.1

中国版本图书馆CIP数据核字（2019）第147901号

白 露

刘国华 马鹏程 刘诗吟 赵怀霞 著

总 策 划：杨继军 徐 淳 王 倩
责任编辑：赵 静
艺术监制：马吉庆
封面设计：李 娟 禾泽木

敦煌文艺出版社出版、发行
地址：(730030) 兰州市城关区读者大道568号
邮箱：dunhuangwenyi1958@163.com
博客（新浪）：http://blog.sina.com.cn/lujiangsenlin
微博（新浪）：http://weibo.com/1614982974
0931-8152172(编辑部) 0931-8773112(发行部)

三河市嵩川印刷有限公司印刷
开本 710毫米×1000毫米 1/32 印张 5.75 插页1 字数 120千
2019年8月第1版 2022年1月第2次印刷
印数：2 001~4 000

ISBN 978-7-5468-1762-0
定价：36.00元

如发现印装质量问题，影响阅读，请与出版社联系调换。

本书所有内容经作者同意授权，并许可使用。
未经同意，不得以任何形式复制。

序

费孝通先生在《乡土中国》中曾描述了中国乡村社会的基本形态："这里讲的乡土中国，并不是具体的中国社会的素描，而是包含在具体的中国基层传统社会里的一种特具的体系，支配着社会生活的各个方面。"甘肃地处丝绸之路黄金段，亚、欧、非三大洲的文化在这里交融，同时，甘肃又是我国农耕文明的发祥地之一，多元的文化背景造就了独特的农村文化。这种植根于土地，以地缘、血缘关系为纽带的自然村屯，与城市文明有着"和而不同"的伦理规则。

中华人民共和国成立70年来，尤其是改革开放以来，中国人民用双手书写了国家和民族发展的壮丽史诗。1978年开启的中国改革开放，从规模和内涵上不断改变着中国和世界的历史进程，中国农村发生了翻天覆地的变化。现代文明的因子被引入乡村，对传统乡村的各种要素重新进行了整合。农村微电影通过镜头语言，集中展示了农村改革发展带来的变化，再现陇上乡村的独特风貌和人文底蕴。

党的十九大提出乡村振兴战略，让乡村成为社会关注的热点。本书选择10个农村题材的微电影剧本，从独特的角度记录精准扶贫给乡村带来的深刻变革。最为难得的是，这10部微电影都是村民的原生态演出，质朴、亲切，又充满原始的表达热情。

编　者

Contents
目 录

01
白露

15
夏日塔拉

31
白牡丹令

49
葫芦河

63
黑美人

77
软儿

97
扎西有只小羊羔

111
安康

131
探村

151
依米

作者简介

刘国华,公共管理硕士,副编审,甘肃农业出版传媒有限公司副总经理,《甘肃农业》《农业科技与信息》《甘肃畜牧兽医》杂志总编辑,甘肃省畜牧业协会秘书长,甘肃省科学技术普及学会副秘书长。

主要作品:出版嘻哈部落丛书《滑板江湖》、青少年健康成长系列图书《苹果不酸》、职业成长图书《职场博弈的智慧》、青少年科普系列丛书《原来科学这样有趣》等图书20多部;主编大型报告文学集《陇上百村纪事》;主创乡村系列微电影《白露》《白牡丹令》《夏日塔拉》《软儿》等10多部。

白露

WHITE DEWS

牛丽萍 饰 白露

编剧：刘国华　导演：马鹏程　策划：微尘

白露是生活在西部农村的留守儿童，父母常年在外打工，她和奶奶一起照顾卧病在床的爷爷。村里来了扶贫帮扶干部，帮扶干部发现白露因为父母不在身边，性格变得孤僻。在帮扶干部介绍下，白露的父母从外地回到家乡，就近在当地的一家麻鞋厂务工，全家人终于得以团聚。

甘肃农业出版传媒有限公司
甘肃现代妇女出版传媒有限公司　联合出品

甘农传媒
GAN NONG CHUAN MEI

02 | 白 露
WHITE DEWS

▲《白露》剧照 摄影 / 马兵元

白　露 | 03

▲《白露》剧照　　　　摄影 / 马兵元

04 白 露
WHITE DEWS

◀《白露》剧照

摄影 / 马兵元

【农业微电影】

白 露

White Dews

刘国华 马鹏程

故事梗概：

　　白露是生活在西部农村的留守儿童，父母常年在外打工，她和奶奶一起照顾卧病在床的爷爷。村里来了扶贫帮扶干部，帮扶干部发现白露因为父母不在身边，性格变得孤僻。在帮扶干部的帮助下，白露的父母从外地回到家乡，在当地的一家麻鞋厂务工，全家人终于得以团聚。

主要人物：

　　白露：12岁的农村留守女童

　　奶奶：白露的奶奶

　　姜书记：当地妇联扶贫帮扶干部

　　郭娟：麻鞋厂厂长

　　爸爸：白露父亲

　　妈妈：白露母亲

第一场

时间：傍晚
地点：农家厨房
出场人物：白露 奶奶

【初秋安静的山区小村庄，升起缕缕炊烟，白露家破旧的厨房里，奶奶忙着做晚饭。火炉上煨着药罐，旁边摆着煮茶的水壶和茶罐，茶罐里立着半截竹筷，白露一边烧火一边和奶奶说话。

白露：奶奶，你听过《诗经》吗？

奶奶：我一个瞎老婆子，大字都不识几个，还诗呢经呢的？

白露（无奈地摇摇头）：唉，就知道你没听过。我们今天的课文里有一首诗，"蒹葭苍苍，白露为霜,所谓伊人,在水一方",诗里头有我的名字……

奶奶:我们露露的名字都写在书上啦?还是你妈妈有文化,上过高中就是不一样,说你生在白露,就给你起了这个名。

白露:奶奶,你都唠叨过好多遍了,我说的不是这个事。今天老师让我说说诗里写的啥,我说就是诗人思念母亲。老师说我说的不对,又批评我。

奶奶:老师说的对,要听老师的。

白露:可是奶奶,我好多次都梦见妈妈就站在村口的小河边啊,和诗里的情景一模一样。

奶奶:这孩子,又犯傻了,赶紧把药给你爷爷端去,完了记得去喂猪啊。

【白露怅然若失地清好药,端着药走向堂屋。

第二场

时间：傍晚
地点：村口小河边
出场人物：白露 姜书记

【太阳西沉，天色渐暗，白露一个人蹲在小河边发呆。在村里忙完帮扶工作的妇联干部姜书记，骑着自行车行色匆匆地往家赶。看到在河边发呆的白露，姜书记停下来，走向白露。

姜书记（低头仔细看一眼）：白露，是你吗？怎么这么晚还不回家？饭吃了吗？作业写完了吗？

白露（点点头）：阿姨好，吃过了。

姜书记：又想爸爸妈妈了？

白露（眼含泪光）：老师骂我，奶奶也说我

错,他们都说是我的错。

姜书记(抚摸着白露的头):傻孩子,阿姨相信你。来,给妈妈打个电话吧,我替你拨。

白露(摇摇头):不用了,我知道爸爸妈妈忙,这会儿还没下班呢,还要自己做饭,还要给爷爷买药,就不打扰他们了。

姜书记(拿出手机):你这孩子,有什么委屈给妈妈打个电话说说,别憋在心里啊。

【姜书记拨通电话,把手机递给白露。

姜书记:给,好好跟妈妈说说。

白露:妈,我是露露。

妈妈:是露露啊,吃过饭了吗?爷爷最近身体好点没有?

白露:嗯,吃了,好着呢。

妈妈:露露是乖孩子,要好好照顾爷爷奶奶,等过年我们回来给你带双皮鞋,穿上又舒服又轻巧。

白露:嗯,妈妈……你们也要照顾好自己……

【白露强忍泪水挂断电话。

姜书记(抹抹眼角的泪):真是乖孩子。

【姜书记说着,将白露搂进怀里。

第三场

地点：麻鞋厂
出场人物：姜书记　郭娟

【麻鞋厂里一片忙碌，郭娟正在指导工人们赶制手工麻鞋。姜书记推门进来。

姜书记（边走边看做好的麻鞋）：娟，最近生意不错嘛！赶的货挺多。

郭娟（起身笑着迎过来）：最近的确订单挺多，几个专卖店都供不应求，网上的订单也是一个接着一个，真有些忙不过来呢。话说回来，要是没有你们帮忙，我们麻鞋厂哪有今天。

姜书记：你可别谦虚了，这市场可都是你自己一步一个脚印跑出来的，吃的苦也只有你自己知道。

郭娟：看着乡亲们都因为咱这麻鞋过上了好日子，吃再多的苦，心里也是甜的。

姜书记：瞧你这张嘴，天生就是做生意的。对了，我这次来，可真是要你帮乡亲一个忙。

郭娟：姜书记，您尽管说。

姜书记：是这样，上梁村有户贫困户，爷爷瘫痪在床，小两口外出打工，留下一个姑娘由奶奶带，日子过得苦着呢。最可怜那个女孩，天天在村口的小河边掉眼泪。我想问你厂里缺不缺人，叫孩子的父母到你这里就近打工。

郭娟：缺人啊，我这正缺人呢！最近在村上建扶贫工厂扩大生产规模，吸收周边贫困户来厂里上班，我正愁从哪去招工人呢。

姜书记：看来咱俩想到一块儿了。孩子的妈妈上过高中，喜欢读书，也算是个小文化人，在你这厂里，绝对能顶大用。

第四场

时间：傍晚
地点：村口
出场人物：白露　爸爸　妈妈

【白露背着书包，在村口的小河边张望。远处，下班后的爸爸妈妈出现在道路尽头。

白露（向爸爸妈妈招手）：妈妈，妈妈……

妈妈（赶紧走过来，拉着白露的手）：傻丫头，每天在这里等，以后早点回家。

白露：不嘛，我就要和你们一起回家，是吧，爸爸。

【爸爸微笑着点点头。

白露：妈妈，麻鞋厂工作辛苦吗？比你以前在大城市里的皮鞋厂怎么样？

妈妈：不辛苦。做麻鞋比在流水线上加工皮鞋有意思多了，而且我还帮厂里设计了新的款式，挣的钱也比以前多。

爸爸：白露啊，你妈妈以前做麻鞋的手艺可有了用武之地，现在是厂里的兼职设计师哦。瞧，这是你妈妈特意给你做的麻鞋。

【爸爸从包里拿出一双麻鞋，递给白露。

爸爸：换上试试合脚不？

白露（看看手里的麻鞋）：真漂亮。

【白露换上麻鞋，轻巧地在前面边走边跳。

白露：妈妈，这鞋比你带给我的皮鞋穿起来舒服多了，我就喜欢妈妈纳的千层底，以后，我只穿妈妈做的鞋。

妈妈：白露，给我们背首诗吧。

白露：好啊——蒹葭苍苍，白露为霜，所谓家人——就在身旁！

【爸爸妈妈被白露改编的诗逗笑了，村口回荡着爽朗的笑声。

尾声

【清晨，全家人围坐在火炉旁喝茶。火炉上，茶水正在沸腾，父亲用半截竹筷小心地拨弄着茶罐，把茶水分给身边的家人。

白宏栋 饰 金诚

杨俊林 饰 安静

夏日塔拉
XIARITALA

执行导演 罗浩浩　　编剧 刘国华
　　　　　　　　　　导演

金诚在一次自驾游的时候，遇到了美丽的裕固族女孩安静，美丽的草原和甜美的歌声让金诚爱上了夏日塔拉草原。为了帮助安静家患了虚脱病的羊渡过难关，金诚到绵羊站寻求帮助。在技术人员和银行的支持下，安静家扩大养殖规模，家庭有了翻天覆地的变化。

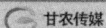

甘农传媒　　甘肃农业出版传媒有限公司出品　　登录腾讯视频搜索影片

白 露
WHITE DEWS

▲《夏日塔拉》剧照　　　　摄影 / 罗浩浩

▲《夏日塔拉》剧照　　　　　摄影 / 罗浩浩

白 露
WHITE DEWS

▲《夏日塔拉》剧照　　　摄影 / 罗浩浩

【农业微电影】

夏日塔拉

Golden Grassland

刘国华

故事梗概：

　　金诚在一次自驾游的时候，遇到了美丽的裕固族女孩安静，美丽的草原和甜美的歌声让金诚爱上了夏日塔拉草原。为了救治安静家患病的羊，金诚到绵羊站寻求帮助。在技术人员的帮助和支持下，安静家扩大养殖规模，生活有了翻天覆地的变化。金诚也准备了裕固族的传统礼物，来到安静家求婚。

主要人物：

安静：裕固族牧民女孩，从事高山细毛羊养殖
金诚：喜欢旅游和摄影的都市白领
李姐：绵羊繁育站技术员
裕固族大姐：农家乐女主人
裕固族小孩：农家乐女主人的儿子

　　开篇字幕：在祁连山腹地，有一片水草丰美的草原。这里曾是匈奴王的牧地，回鹘人的牧地，元代蒙古王阔端汗的牧地。藏族史诗《格萨尔》中说这是一片"黄金莲花草原"，当地人称之为"夏日塔拉"，在裕固语中的意思是"金色草原"。每年夏天，金色的哈日嘎纳花就会开满雪山下的原野。

第一场

时间：白天
地点：夏日塔拉草原
出场人物：金诚 安静

【一辆车从草原尽头的公路上缓缓驶入视线，在立着"夏日塔拉草原"路牌的路口停了下来。金诚从车上跳了下来，张开双臂高喊着，向着草原奔跑，然后扑倒在草原上。

【金诚躺在草原上，随手拔下一根青草咬在嘴里，看着蓝天上缓缓飘来的白云。忽然，一阵悠扬的琴声从远处传来。

【金诚定了定神，竖起耳朵，辨别着琴声传来的方向。顺着琴声，金诚爬上一座小山丘，看见一个穿着鲜艳民族服装的女孩，正在一边弹琴，一边哼唱着小曲。

【金诚立刻跑回车中，拿出相机，回到山坡上，想记录下这草原上的美景。

【不知不觉中，拍照的金诚离女孩越来越近。女孩察觉身旁有人，停止了弹琴，转过头望着正在专心拍照的金诚。

安静：你是谁？为什么要拍我？

金诚（吃惊地）：实在对不起，我……我……我听你的琴声特别优美，还有这草原，这鲜花，真的，太美了，我忍不住想把这些都拍下来，真的，我没有恶意的，我……

安静（爽朗地笑）：你是说这草原很美？

金诚（点点头）：对呀，天真蓝，草真绿……

安静（噘起嘴）：那你的意思是我没有这草原美喽？

金诚（连忙摆手）：不是，我不是这个意思，你也很美，你和草原一样美。

安静（站起身，边笑边说）：好了，不难为你了，你走吧！

金诚（愣了一会儿）：姑娘，等一下，能告诉我你的名字吗？

安静（回过头）：你要是能说出这草原的名字，就来湖边的毛帐篷找我吧！

【安静扬起马鞭，绝尘而去。

第二场

时间：白天
地点：皇城湖边的毛帐篷
出场人物：金诚 裕固族大姐 小孩

【金诚驱车来到皇城湖边。远远望去，一大片毛帐篷像黑色的珍珠，星星点点撒在草原上。金诚来到最近的一顶帐篷，停下车，走了进去。

裕固族大姐（满面笑容地迎上来）：你好，年轻人，快到里面坐，我先去给你打奶茶。

【不一会儿，大姐提着热奶茶走了进来。

裕固族大姐：来，尝一尝我们家的奶茶，特别香。

金诚（喝一口奶茶，点点头）：嗯，真的好香啊。对了，大姐，跟你打听一个人，你们这里有没有一个女孩,长得特别漂亮,歌也唱得特别好。

　　裕固族大姐(指着墙角的一把琴):我们这里的姑娘个个能歌善舞,你说的是哪一个呀?

　　【突然,一个小孩跑了进来,边跑边喊。

　　小孩:妈妈,妈妈,不好了,姐姐家的羊都病倒了。

　　【裕固族大姐放下手中的茶壶。

　　裕固族大姐:我们去看看!哎呀,天都快黑了,到哪里去找兽医呢?

　　金诚(立刻站了起来):我带你们去吧,我开车方便,可以帮你们去请兽医。

　　裕固族大姐(点点头):那太好了,麻烦你了,小伙子。安静的父母去世得早,家里就她和奶奶两个人,出门真的不方便呢!

第三场

时间：傍晚
地点：羊圈
出场人物：安静 金诚 裕固族大姐

【安静抱着病倒的小羊羔，露出焦急的神情。她的身边围着很多无助的细毛羊。

【金诚的车一停，裕固族大姐就冲了下来，金诚紧紧地跟在后面。

裕固族大姐(一边看着羊羔，一边问)：到底怎么回事？

安静（无奈地）：不知道怎么了，昨天还好好的。可能是昨天那场暴雨，羊着了凉，今天好多羊都病倒了，连路都走不稳，可怎么办啊？

裕固族大姐（看看羊的眼睛）：不像是得了

感冒,得赶紧找医生。

　　安静(焦急地):天都黑了,到哪里去找医生呢?

　　裕固族大姐:要不我们去绵羊站问问吧,他们那里有好多专家呢!

　　安静:绵羊站离这里十多公里。再说了,他们会帮我们吗?

　　金诚(看着安静坚定地说):交给我吧,我去找他们。

　　安静(抬头看看金诚):嗯,谢谢你。

第四场

时间：晚上
地点：绵羊站
出场人物：金诚 李姐 小郑

【夜色中，一辆汽车在草原上疾驰，越过一条河，冲进一片树林中。

【汽车停在绵羊站的大门口，大门紧闭。金诚按了按喇叭，还是没有动静。

【金诚走下车，望见楼上还亮着一盏灯。

金诚（对着灯光大喊）：有人吗？

【亮灯的办公室内，正在加班写研究论文的李姐和小郑听到窗外的喊声。李姐站起身来，透过窗户看到门口停着一辆车，车旁边站着一个神色焦急的小伙子。李姐简单收拾了一下手头的资料，拿起包匆忙和小郑跑下楼。

李姐：这么晚了，您找谁啊？

金诚（喜出望外地）：大姐你好，我一个朋友家的羊生病了，这么晚了，也没地方去找兽医，想请咱们绵羊站的专家给瞧瞧。

李姐（犹豫了一下）：好吧，站里的人都下班了。这样吧，让小郑陪你去看看。

【小郑点点头，跟着金诚上了车。

第五场

时间：晚上
地点：安静家
出场人物：安静 小郑 金诚

安静（为小郑和金诚倒上奶茶）：谢谢小郑，我们家的羊终于有救了。

小郑（喝一口茶）：没事的，你们家的羊是得了脱水病，才会出现四肢无力的现象。明天按我说的，到兽医站取点药回来喂上，很快就好了。

安静：现在正是剪羊毛的时候，不会有啥影响吧？

小郑：不会的，你放心吧。不过我刚才看了一下，你们家的羊还是老品种，产毛量小不说，毛也不够细,卖不上好价钱的。最近我们站上繁育的高山细毛羊,特别适合在咱们这里养,毛的品质非常好。

安静(点点头):我也知道,可是,我们没有钱换新品种。

小郑(想了想):听说现在牧区有扶贫贷款,你可以试试!

安静(吃惊地):贷款?真有人会为我们牧民贷款吗?

金诚(微笑着):这事我倒真听过,回头我帮你去问问。

第六场

时间：白天
地点：油菜花田旁
出场人物：安静 金诚

字幕：一年后，在惠农政策的支持下，安静家换了新的细毛羊品种，羊毛卖上了好价钱，日子也好了起来。

金诚：安静，我知道这片草原的名字叫夏日塔拉。

安静（点点头）：嗯，你总算知道了，可是你知道这草原和天鹅琴的故事吗？

金诚：不知道。

安静：很久以前，有个贫穷的小伙子，整天为部落主放牧，过着食不果腹的生活。小伙子有一副好歌喉，每天都边放牧边唱歌。人们非常喜欢他的歌，每当听见他的歌声，似乎就能减少许多痛苦和忧愁。他的歌不仅人喜欢，动物也爱听。每当他唱歌时，都有许多天鹅来听。别的天鹅听完就飞走了，唯有一只白天鹅拍着翅膀跳舞，久久不愿离去。天长日久，小伙子和这只白天鹅形影不离，成了好朋友。一天早上，小伙子又来到湖边，却不见白天鹅飞来。他以为白天鹅还在睡觉呢，就赶忙进芦苇丛中去找。不料，走到芦苇丛中，却惊起一群黄尖子鸟。他上前一看，白天鹅已经被这群毒鸟吃得只剩下骨架和肚肠了。小伙子扑上去抱住骨架痛哭，从早晨一直哭到星星闪亮，哭累了，也睡着了。第二天，小伙子醒来时，发现天鹅骨架变成了一架美丽的琴。这就是我们裕固族草原上独特的乐器——天鹅琴。

金诚（站起身来）：安静，你就是我遇到的最美的天鹅，做我的女朋友吧。

安静（娇羞地低下头）：那你可要按照我们裕固族的习俗凑齐彩礼哦。

片尾

【播放歌曲《牧人》：

一辈子放牧摸黑又起早，

马背上失去了青春却不曾知道，

放过羊群放过马群，

放过了风沙也放过了风暴……

白牡丹令

执行导演 罗浩浩
编剧 刘国华
导演

魏翔 饰 阿雨

醉心于花儿研究的青年教师阿雨
四处寻找挖掘世界文化遗产花儿
阿雨来到康乐县竹子沟
偶然见到了当地著名的花儿演唱者牡丹
牡丹却因为家里的牛销路不畅而苦恼
阿雨辗转联系到康美集团
解决了牡丹家牛的销路问题
牡丹家还得到了兰州银行的惠农贷款
家庭农场迎来了新的发展机遇

刘浩 饰 牡丹

甘农传媒　甘肃农业出版传媒有限公司出品　登录腾讯视频搜索影片

▲《白牡丹令》剧照　　摄影 / 罗浩浩

▲《白牡丹令》剧照　　摄影 / 罗浩浩

白 露
WHITE DEWS

▲《白牡丹令》剧照　　摄影/罗浩浩

【农业微电影】

白牡丹令

White Peony Tune

刘国华

故事梗概：

醉心于花儿研究的青年教师阿雨，利用课余时间四处寻找挖掘世界文化遗产——花儿。一次偶然的机会，阿雨来到康乐县竹子沟，见到了当地著名的花儿演唱者牡丹。正当阿雨想为牡丹录下演唱的时候，牡丹却因为家里的牛销路不畅，面临巨大债务压力，无心录音。阿雨辗转联系到当地养殖企业，解决了牡丹家牛的销路问题。更为幸运的是，牡丹家获得了惠农贷款，家庭农场迎来了新的发展机遇。

主要人物：

阿雨：西北某大学青年教师，痴迷于花儿研究

牡丹：康乐县竹子沟家庭农场主的女儿，花儿演唱传承人

张老汉：放牛人

师总：养殖企业负责人

王经理：银行客户经理

第一场

时间：清晨
地点：竹子沟
出场人物：阿雨　张老汉

【阿雨身背旅行包，走在竹子沟草场的山脊上。初升的太阳映红了整片草场，山坡上，成群的牛羊悠闲地吃着青草。

旁白：我叫阿雨，西北一所民族大学的教师。这十年来，我一直在寻找最动听的民间花儿演唱，走遍了甘肃、青海和宁夏三省的花儿之乡。今天，我要去的地方是被称为"中国牛谷"的康乐，那里有一个叫竹子沟的地方，有一位闻名乡里的花儿女王——牡丹。

【山坡上传来了一阵苍凉浑厚的花儿歌声。

张老汉（扬起鞭子，边走边唱，背影）：
黄河一呀条线也
阿哥的白牡丹也
近呀看个黄河是
笑我的花儿海呀边
远看个就嘛
尕妹黄呀金链也
阿哥的白牡丹也
近呀看个尕妹是
笑我的花儿牡呀丹
远看个就嘛
黄河一呀条线也
阿哥的白牡丹也
近呀看个黄河是
笑我的花儿海呀边
远看个就嘛
尕妹黄呀金链也
阿哥的白牡丹也
近呀看个尕妹是
笑我的花儿牡呀丹

阿雨（寻着歌声，来到张老汉身边）：大爷，您的花儿唱的真好听。

张老汉：胡唱着哩么，好啥呢！

阿雨：大爷，我听说咱们竹子沟有一位牡丹，是这方圆百里花儿唱得最好的。

张老汉：你说的是我们老张家的尕妹了么，那你可说着了么，她的花儿漫得攒劲得很。

阿雨（惊喜地）：原来您认识她呀！太好了，能不能给我介绍一下，我想录一段她唱的花儿。

张老汉（摇摇头）：小伙子，太可惜了，我家尕妹现在不唱了。

阿雨：为什么呀，怎么会不唱呢？

张老汉（叹口气）：唉，你不知道了，尕妹家有个家庭农场，经营农家乐，还养了100多头牛。现在到了牛出栏的时候，因为没有好的销路，牛卖不掉，家里借了好多钱，天天都有要债的上门，你说尕妹哪还有心思唱呢！唉……

第二场

地点：工厂
出场人物：阿雨 师总

【山下的平川里，坐落着一座现代化的工厂，有着成片的现代化自动养殖温棚。听说阿雨教授要来，师总早早地迎候在厂区门口。

师总（微笑着迎上来）：阿雨教授，欢迎再次来我们厂。来之前怎么也不给我打个电话，我好去接您啊。

阿雨：怎么好麻烦您呢？您瞧，我是无事不登三宝殿啊。

师总：瞧您说的！上次多亏您给我们做的企业文化建设辅导，现在员工们个个干劲十足呢。有什么能帮上忙的，您尽管说。

阿雨：那我就不客气了！是这样的，我有一个朋友，在咱们竹子沟养了100多头牛，苦恼的是找不到销路，债主都追上门了。您现在生产规模这么大，能不能帮忙，把她家的牛收了？

师总（恍然大悟地）：**您说的是尕妹家吧？这事我早就听说了，正准备最近就找她去谈呢。怎么，阿雨教授也认识我们尕妹？**

阿雨：那太好了，其实也算不上认识，不过是我有求于人家罢了。

师总：这样啊。您放心，一会儿我们就去尕妹家，正好银行的人也在，他们有一项惠农贷款，我想带他们去尕妹家考察考察。来来来，我们最近刚上了一条生产线，您给我们提提意见。

【在师总的带领下，阿雨参观了现代化的牛肉加工生产线。

第三场

地点：尕妹的农家乐
出场人物：阿雨 师总 尕妹

【阿雨一行来到尕妹的农家乐，热情的尕妹迎接着客人的到来，给他们添上热茶，端来西瓜。

师总：尕妹，你先别忙活了，我给你介绍两位贵人。

尕妹：师姐，您就是我的贵人呢，您带来的人，都是尕妹的贵人。

师总（爽朗地笑）：阿雨教授，您瞧，尕妹不仅花儿唱得好，嘴也乖巧得很呢，难怪十里八乡的人都喜欢到她家的农家乐来。

尕妹：您别笑话我了，追债的人快踏断门

槛了。

师总：今天就是来给你解决这事的。你瞧，我们阿雨教授可是亲自为你担保呢。你家的牛，我们全收了，今天就签购销协议，以后，我给你提供最优良的品种，你只负责养就好了。

尕妹：那可太好了，只是以后我可再不敢养了，也没钱买牛犊子了。

师总：这一点我们早想好了。你瞧，我把银行的王经理也给你带来了，用你的农家乐做抵押，银行给你提供资金，你只管扩大养殖规模，不用再担心社会上那些要债的了。

尕妹（眼里闪着泪花）：师总，你们可真是我尕妹家的大恩人啊！

阿雨：尕妹姑娘，别客气，我们还有事请你帮忙呢。

尕妹：什么事，您尽管说。

阿雨：对你来说很简单的。我最近在整理咱们世界非物质文化遗产——花儿，请你帮我们录一段《白牡丹令》呢。

尕妹：没问题，您别说，好久没漫花儿了，嗓子都痒了哩。

第四场

地点：竹子沟
出场人物：尕妹 阿雨

【夕阳下，竹子沟宁静安详，阿雨和尕妹并排坐在溪流边，流水声欢快地伴奏。

尕妹：阿雨老师，这次真的太感谢您了。

阿雨：不用客气的，其实也没帮上什么忙。你是一个勤劳、善良、美丽的姑娘，自然会有很多人帮你的。

尕妹：阿雨老师，我们录哪一段呢？

阿雨：就《白牡丹令》吧。我听过很多地方的花儿，最喜欢的就是咱们河州的《白牡丹令》。我想听最纯正的《白牡丹令》。

尕妹：那好吧，我就给阿雨老师唱上一段。

（歌词）
黄河一呀条线也
阿哥的白牡丹也
近呀看个黄河是
笑我的花儿海呀边
远看个就嘛
尕妹黄呀金链也
阿哥的白牡丹也
近呀看个尕妹是
笑我的花儿牡呀丹
远看个就嘛
黄河一呀条线也
阿哥的白牡丹也
近呀看个黄河是
笑我的花儿海呀边
远看个就嘛
尕妹黄呀金链也
阿哥的白牡丹也
近呀看个尕妹是
笑我的花儿牡呀丹

【太阳西沉，阿雨和尕妹的影子被拉得老长老长。

景永学 饰 父亲

草鞋是船，爸爸是帆
船儿行到黄河岸，厚厚的黄土堆满船
大风从坡上刮过
风里还卷着淡淡的苹果香味
我知道那就是爸爸的味道

葫芦河

HULU RIVER

导演：刘国华　编剧：赵怀霞

电子商务发展突飞猛进的时代，苹果产业发展迎来新机遇，远在外地的女儿看到父亲年纪大了还单拼，通过兰州银行的扶持政策，让父亲的苹果产业升级换代，走上电子商务快车道。心疼父亲的女儿辞掉外地的工作，回来帮助父亲发展苹果产业。

赵怀霞 饰 有梦

甘农传媒 甘肃农业出版传媒有限公司出品

白 露
WHITE DEWS

▲《葫芦河》剧照　　　摄影 / 罗浩浩

▲《葫芦河》剧照　　　　　　　　摄影 / 罗浩浩

白　露
WHITE DEWS

▲《葫芦河》剧照　　　摄影 / 罗浩浩

【农业微电影】

葫芦河

Hulu River

刘国华　赵怀霞

故事梗概：

父亲57岁那年，正值电子商务发展突飞猛进的时代，网络交易快速取代了手工业，苹果产业发展举步维艰。在外地工作的女儿劝父亲不要再这么拼命，父亲却还在为苹果产业东奔西走。心疼父亲的女儿辞掉工作，借助帮扶政策让父亲的苹果产业升级换代。

主要人物：

有梦：某苹果合作社理事长的女儿，在兰州工作

平川：有梦的男朋友

有梦父亲：某苹果合作社理事长

第一场

时间：晚上
地点：家中
出场人物：父亲　有梦

　　字幕：草鞋是船，爸爸是帆，奶奶的叮咛载满舱，满怀十七岁和二十七岁的梦想，充满希望地启航。船儿行到黄河岸，厚厚的黄土堆满船，夜来停泊青纱帐，天明摇摇山海关。

　　我出生在那遥远的黄土高坡，小的时候，大风从坡上刮过，风里还卷着淡淡的苹果香味，我知道那就是爸爸的味道。

　　【满山的苹果树和挂在树上红彤彤的苹果。

　　【太阳即将落山，晚霞一片，父亲在回家的路上，夕阳将他扛着铁锹的背影拉得好长好长。

【有梦打来了视频电话。

有梦：爸爸，你和妈妈身体还好吧？

爸爸：嗯嗯，好着呢，身体硬朗着呢。你一个人在那边还好吧？要照顾好自己，按时吃饭，不要省钱，要是没钱，爸爸给你打过去。

有梦：爸爸，我都二十七岁了，能照顾好自己，倒是你也该歇一歇了，你带着合作社一直搞苹果产业，就不要那么拼了。

爸爸：娃呀，你不懂，苹果就是果农的命呀。倒是你，都二十七岁了，一个人在外地，也该考虑考虑你和平川的婚事了，一个女孩子……

有梦：哎呀爸爸，每次都说这个问题，我陪着你和妈妈不好吗？干嘛老想把我嫁人。好了好了不说了，我挂了，明天还上班呢。

【父亲的脸部特写与桌上一盘刚洗过的苹果的特写。

【有梦望了望窗外的月亮，思念的感觉越来越浓。她看着手中的苹果手机，看着那被咬掉一口的苹果，想念起和父亲在苹果树下的时光。

第二场

时间：上午
地点：苹果园
出场人物：父亲 有梦

【有梦和父亲在摘苹果，因为一直劳动，有梦开始磨洋工，苹果园里仍是一片彤红。

有梦：爸爸，现在不是快餐时代吗？为什么我们还要人工采摘呢？这么慢，累死了。

爸爸：苹果是要上餐桌的，我们要保证每一颗苹果的质量。快起来，不怕慢，就怕站。

有梦：爸爸，等我考上大学，好好学习，一定要像淘宝一样，把我们的苹果卖出去，卖出咱们县，卖出咱们省，卖出咱们国家，卖到全世界。

爸爸：好好好，爸爸相信你。

【有梦坐在苹果树下，看着层峦叠嶂、一望无际的大山，仿佛看见了远处的希望以及那个还在树下玩泥巴的七岁小孩。

第三场

时间：上午
地点：书吧
出场人物：有梦　平川

【有梦在茶屋黯然失神，脑子里回想着父亲辛苦了一辈子，带领合作社的几十号人，将自己的青春和梦想付出在这片黄土地上。

【平川走进来，走到有梦身旁。

平川：有梦，不好意思，你等久了吧？

有梦：哦，我也刚进来没多长时间。你还好吗？

平川：嗯，还好，只是最近有点忙，都没时间陪你吃饭，你不会怪我吧？

有梦：怎么会。

平川：看你脸色不太好，怎么了？

有梦：还不是苹果给闹的。今年苹果不好卖，我爸那个苹果合作社遇到困难了，也不知道到哪里能贷到款。

平川：哦，你不说我还忘了。前段时间，我们下乡的时候听说银行有惠农政策，支持的就是农业企业和合作社。这样吧，我抽空去咨询一下，完了让叔叔把合作社所有的资料包括发展困境整理好，我给送过去。

有梦：那太谢谢你了。

【有梦犹豫了一会儿，继续说。

有梦：还有件事。我看爸爸太辛苦了，我想回去帮他……

平川（抓住有梦的手）：有梦，我说过，我爱你当然也会爱你的梦想，我也会等你。

第四场

时间：傍晚
地点：院中
出场人物：父亲　果农　有梦

【父亲和合作社的几个负责人坐在院里的果树下，讨论着平川传达的意思，分配着各自的工作。

爸爸：平川说有这么一个政策，是个好政策呀，我们要抓住这次机会，学学现在流行的淘宝购物，咱们这么好的东西，可不能白瞎到手上。

果农甲：对呀，你说的对。现在的人不想出门，在电脑前一点击就买上了，不比我们以前赶着老黄牛哼哧哼哧的岁月了，我们也得赶潮流啊。

果农乙：说的在理，我们先把资料交上去，可这技术上，我们几个老家伙肯定是不行，要是有梦在就好了。

【几个人忙忙碌碌地准备着资料，知了在树上欢快地聊着天，真的是盛夏光年呢。

第五场

时间：下午
地点：院中
出场人物：有梦 父亲

【银行惠农政策落实下来了，苹果个个装进筐，卡车拉走新希望，几个人在院里详读每一项政策，爸爸激动得热泪盈眶。

爸爸：这真的是个惊喜呀，现在就要请技术人员给咱们好好规划了。

【其他人随声附和点头。

有梦：请我怎么样呀？

【所有人都向门口看去，有梦站在门口。

【有梦和合作社的成员们各自忙碌着。门外的大卡车上，一箱一箱的苹果往车上装，这是今天要发往广东的货。自从开始电子商务式苹果产业化发展，苹果被运往全国各地。

【父亲行走在果园里，看着挂满枝头的苹果，欣慰地笑了。

王鑫 饰 土豆

黑美人

Black Beauty

刘刚 饰 少年土豆

编 剧：刘国华　导 演：闫剑哲

出生在定西山区的土豆，从小就与土豆为伴。长大后，土豆离开家乡外出打工。一次偶然的机会，土豆在兰州的特产商店看到黑美人土豆的广告，萌生了回家种黑豆的念头。在银行的扶持下，土豆注册了农民合作社，土豆产业越做越大。

甘农传媒　甘肃农业出版传媒有限公司出品

▲《黑美人》剧照　　　　摄影/陈晨

▲《黑美人》剧照　　摄影 / 陈晨

66 | 白 露
WHITE DEWS

摄影 / 陈晨

【农业微电影】

黑美人

Black Beauty

刘国华

故事梗概：

　　出生在定西山区的土豆，从小就与土豆为伴。长大后，土豆离开家乡外出打工。一次偶然的机会，土豆在兰州的特产商店看到黑美人土豆的广告，萌生了回家种黑土豆的念头。在扶贫政策的支持下，土豆注册了农民合作社，土豆产业越做越大。

主要人物：

　　少年土豆：少年时期的土豆
　　母亲：土豆母亲
　　土豆：马铃薯合作社理事长
　　张萌萌：农产品特产店店长

第一场

时间：下午
地点：田地旁
出场人物：少年土豆 小伙伴

少年土豆：今天我们来烤洋芋。你们瞧，我把洋芋都带来了。
【少年土豆撩开衣襟，里面全是新挖的土豆。
小伙伴甲：好啊，好啊，我去找柴。
小伙伴乙：嗯，我去找石头。
【几个小伙伴搬来石头，垒起土锅灶，边玩边烤洋芋，烤熟的洋芋冒着热气，几个小孩争抢着吃，嘴角全都抹上了黑灰。
路人（画外音）：土豆，土豆，快，你妈妈喊你回家吃饭呢！
【小伙伴们一哄而散，分别回家了。

第二场

时间：晚上
地点：家中
出场人物：少年土豆 母亲

【母亲一边责骂着少年土豆，一边给少年土豆擦嘴角的灰。

【晚饭是煮洋芋，少年土豆无奈地摇摇头，突发灵感，用筷子把土豆捣碎，和上咸菜和辣椒，吃得津津有味。

邻居（声音从外面传来）：土豆，土豆，你给我出来！谁叫你偷挖我家的洋芋，你个兔崽子……

【母亲闻声，拿起扫把准备打少年土豆，少年土豆放下碗，一溜烟跑了出去。

【土豆跑啊跑，跑过村庄，跑过田野，来到一个山头下，山下的铁路上，一列火车呼啸着开过来，驶向远方。

【画面变为彩色，航拍黄土高原全景。

第三场

时间：上午
地点：农产品店
出场人物：土豆　张萌萌

【打工闲余，土豆四处游逛，在一家农产品店前停下脚步，商店橱窗上的一张海报深深吸引了他。

张萌萌（推开店门走出来）：先生，需要黑土豆吗？到我们店里看吧。

土豆（回过神来）：嗯，嗯。

【土豆跟着张萌萌走进商店。

张萌萌：我们这个黑土豆营养价值特别高，口感松软，来，这里有煮熟的，您尝尝。

【张萌萌拿出煮好的黑土豆递给土豆，土豆接过来，吃了一口，表情很惊讶。

土豆（惊喜地）：对，就是这个味道，小时候妈妈煮的土豆味道，好多年没有吃到了。

张萌萌（微笑着）：我说的没错吧？这个土豆真的很好吃呢。

土豆：这个土豆为啥是黑的呢？我还以为是坏的呢！

张萌萌：这您就不知道了。黑土豆在南美就有，只是不被人重视。咱们农大的教授研究出了适合在咱甘肃种的黑土豆，在榆中、渭源试种成功，特别受市场欢迎呢！

【土豆听着张萌萌的讲解，默默地点着头，心里盘算着自己的主意。

土豆：那我们家乡应该也可以种。我也想种黑土豆，你能帮我联系吗？

张萌萌（犹豫了一会儿）：好吧，我试试。

第四场

时间：下午
地点：村庄
出场人物：土豆　乡邻

【土豆手里拿着黑土豆，给大家讲解种植的好处。

土豆：大家知道我手里拿的这是什么吗？

乡邻甲：朽洋芋吧，都黑成这样了。

土豆：这是洋芋的一个新品种，叫黑美人。

【乡邻一听名字，都笑了起来。

土豆：大家不要笑，这东西可值钱了，比我们种的洋芋价格高好多倍，口感好，营养高，在大城市特别受欢迎，渭源、榆中都有人种呢。

乡邻乙：老王，那我们也种吧。

乡邻甲：对，大家听你的，你说咋干就咋干。

土豆：我想过了，现在合作社政策好，我们就注册一个马铃薯合作社，大面积种植黑美人。

乡邻丙：嗯，搞合作社的主意不错，可是，要大面积种植，种子、肥料、地膜都要钱，还要建储藏窖，我们哪有钱啊？

土豆：这个不用愁。我早想好了，我们去找扶贫贷款，镇上的领导说了，有惠农贷款，就是支持咱们发展农业项目的。

乡邻们：那就好，那就好！

第五场

时间：中午
地点：合作社
出场人物：土豆 张萌萌

【合作社的发展蒸蒸日上，土豆请张萌萌来参观，并洽谈销售合作的事。张萌萌驱车来到合作社门口，走下车，等候在门口的土豆迎了上去。

张萌萌：王总，两年不见，刮目相看，没想到你的黑美人产业发展得这么快。

土豆：还是要感谢张店长的大力支持，当初，要不是你给我介绍黑美人，哪有我的今天。

张萌萌：这么快就建起这么大的产业，真的是一个奇迹呀，你哪来的资金呀？

土豆：有银行啊！现在农业政策好，惠农贷款真的帮了我大忙了。走，看看我们新建的洋芋库。

张萌萌：好呀，我老早就想来看看了。

【土豆带领张萌萌来到马铃薯库房。

张萌萌：这么多黑美人，王总可是抱得美人归了啊！

土豆：别开玩笑了，你要是不帮忙，我这些美人可都要独守空闺了。

张萌萌：你放心，这么好的美人不愁嫁！我们最近开了网店，你的黑美人一上线，一定会被抢完的。

土豆：那就这么说定了，我们一起把咱甘肃的黑美人嫁到全国各地！

【两个人说笑着，笑声回荡在马铃薯田野上。

软儿

导演/编剧：刘国华　监制：鹏程　艺术指导：马兵元

魏怀旺 饰 父亲
刘诗吟 饰 魏希月
康迪 饰 小玉

故事发生在被称为"世界第一古梨园"的国家级重要农业文化遗产什川梨园，大学毕业在城市艰难打拼的希月遭遇购房危机，得知家里土地被征用获得一笔赔偿款，想借用买房却被父亲拒绝，对古梨园怀有深厚感情的父亲坚持要把钱投到梨园办农民合作社。谷雨前后，回家探望母亲的希月与父亲再次爆发冲突，在驻村干部表妹的劝导下，希月转变想法，决定争取银行惠农贷款，全力支持父亲发展软儿梨产业，带领乡邻致富。

甘农传媒　甘肃农业出版传媒有限公司出品　登录腾讯视频搜索影片

白 露
WHITE DEWS

▲《软儿》剧照　　　　　摄影 / 马兵元

▲《软儿》剧照　　　　　摄影 / 马兵元

《软儿》剧照 ▶ 摄影 / 马兵元

【农业微电影】

软 儿

Soft pear

刘国华　刘诗吟

故事梗概:

　　故事发生在被称为"世界第一古梨园"的国家级重要农业文化遗产什川梨园。大学毕业后在城市艰难打拼的魏希月遭遇购房危机，得知家里土地被征用，获得一笔赔偿款，想借用买房却被父亲拒绝，对古梨园怀有深厚感情的父亲坚持要把钱投到梨园，办农民专业合作社。谷雨前后，回家探望母亲的魏希月与父亲再次爆发冲突，在驻村干部小玉表妹的劝导下，魏希月转变想法，决定争取银行惠农贷款，全力支持父亲发展软儿梨产业，带领乡邻致富。

主要人物:

　　魏希月：在都市打拼的年轻人，美丽、善良、有抱负、有上进心的女孩，因为购房款危机与父亲发生矛盾

　　希月母亲：勤劳朴实的农村妇女，因患有腰椎病，不能干重活，在家操持家务

希月父亲：朴实却怀揣梦想的农户，对梨园有着深厚的感情，在乡村产业发展的大背景下，萌生了利用先辈传下来的梨树干一番事业的想法，却屡屡遭遇不顺

小玉：希月表妹，驻村扶贫干部，参加工作不久就被派到村上工作，性格开朗大方

大鹏：希月男友

第一场

时间：傍晚
地点：出租屋
出场人物：希月　母亲

【掩映在群山中的北方城市灯火璀璨，大街上车水马龙、霓虹闪烁，奔波了一天的希月拖着疲惫的步伐，向一幢老旧的楼房走去，爬上破旧的楼梯，走进一间出租屋。

【希月回到出租房，把手里的房产公司宣传册扔到茶几上，打开卫生间的水龙头，准备洗把脸，发现停水了。希月无奈地坐在床头，隔壁却传来喝酒猜拳的声音。希月用枕头蒙住脑袋，脑子里浮现出男朋友大鹏和自己看房时为难的神情。售房员算完希月和大鹏看中的房屋价格，总价168万，首付50万。大鹏和自己到处打电话，却还是凑不够首付……

【微信突然发来一条语音消息。

母亲：月月，梨花开了，谷雨就落了，有空回家看看吧？

希月：说不上，到时候看吧。

母亲：没啥事的话就回来一趟吧，你爸总念叨你呢。

希月：他不用管我，我一辈子就住这破出租房。

母亲：你爸也真是，去年征地的钱还有几万呢，我再劝劝他……哎哟，不跟你说了，早点休息吧，这腰又疼了……

【希月放下手机，叹口气，目光移动到床头立着的全家福上。

第二场

时间：中午
地点：家中
出场人物：希月 母亲 父亲

【母亲一边按着腰，一边在厨房忙碌。

希月（走进大门，四处张望）：妈，妈，我回来了。

母亲（放下手中的活儿，从厨房里走出来）：月月，你怎么来了？回来也不提前说一声。

希月（走上前搀着母亲）：妈，瞧您，腰疼了也不跟我说，我给您带了药，赶紧吃了吧。

母亲（撒开希月的手）：老毛病，不打紧，刚才吃过药。你先回屋，我做饭去，你最爱吃的懒饭。

希月：我帮您吧。

【母女俩在厨房边聊着家常边做饭。饭熟了，母亲熟练地盛到饭盒中，盖好盖子。

母亲：趁热给你爸送去，他在园子里呢。

希月：他不回来吃啊？

母亲：他就那样，梨树一开花，就成天守在园子里。

希月（沉下脸）：我不去！

母亲：听话。其实你爸最惦记你，说不定见到你就答应了，快去吧。

【母亲把希月推出厨房，拿出一颗冻梨，放进碗里，倒上凉水。

希月犹犹豫豫地走出大门，猛一回头，发现父亲就蹲在大门口。

希月（满脸惊诧）：爸，您怎么在这儿啊，我妈还让我给您送饭呢。

父亲（难为情地）：哦哦，听小玉说看见你回来了……

【父亲说着站起身，拍拍身上的土走进门。希月望着父亲的背影，突然不知道说啥，跟着进了屋。镜头转到外壳结出冰花的软儿梨。

第三场

时间：下午
地点：梨园
出场人物：希月 父亲

【父女俩一前一后来到梨园，父亲关切地四处查看开花情况，希月一边走一边拿着手机自拍。

希月：爸，怎么突然叫我到梨园来啊，我下午还约了小玉呢。

父亲：今年的梨花开得多好啊。

希月（再拍一张）：嗯，是不错。

父亲：马上谷雨了，花一落就挂果，可千万不能再下暴雨。去年一场暴雨，花全被打落了，这么大的树，就没结几个果子。

希月：哦……

父亲：听说有一种防暴雨的网，你闲了帮我

在网上查查。

【父亲一边说，一边抚摸着树干，突然，希月的电话响起来。

希月：大鹏，我在老家呢，你那边怎么样，借到了吗？哦，你别急，我再问问我爸。

【希月挂断电话。

希月：爸，我和大鹏实在没办法了，一个星期交不上首付，这房子就又黄了。

父亲：我就不知道城里有啥好，咱这园子不比那水泥框框强？

希月：爸，咱的园子是好，可是光好有啥用？您都待了一辈子了，难道也让我待一辈子？

父亲：你们翅膀硬了，我留不住你们，但这些树可是传了几辈子的，不能荒了。

希月：好好好，我不和您争，我就要我自留地的钱。

父亲：我供你吃、供你穿、供你上大学，如今工作了，还要给你供房子？你一年到头不着家，你说说，这个家里，啥是你的？

希月：好好，这个家啥都不是我的，我走，走还不成吗？

【希月忍不住泪水直流，转身离开梨园，父亲呆呆地望着希月的背影。

第四场

时间：下午
地点：黄河边
出场人物：希月 小玉

【希月坐在黄河边，望着河水发呆，小玉走了过来。

小玉：姐，你怎么了？

希月（抹了一把眼角的泪水）：没事，没事，眼睛进沙子了。

小玉：别骗我了，还不知道你？又和姨夫吵架了吧？

希月：小玉，你说我怎么就摊上这么一个爸。

小玉：你爸挺好的呀，最近村里准备筹建合

作社，把咱们老先人传下来的这些老梨树集中起来管护，再建个冷库，搞特色产业……

希月：好了好了，你还没完了，比我还小两岁的人，怎么当了一年的驻村干部，唠叨得跟个大妈似的。

【希月站起身，捡起一颗石子，扔进河里。

小玉：还没学会打水漂呀？看我的！

【小玉也扔了一个石子，石子在水面上跳起来，又落了下去。

希月：对了，你说村里要建合作社，哪来的钱？

小玉：大家集资啊！你爸原先说要出10万呢，不够的话再贷点款，银行有惠农贷款，我早上已经咨询过了。

希月：什么？你说我爸出10万！

小玉：对啊！

希月：怪不得他不肯借钱给我。

【希月恍然大悟，镜头转向哗哗的河水。

第五场

时间：下午
地点：家中
出场人物：希月 母亲

【希月回到家，母亲拉她进屋。
母亲：你这孩子，好不容易回趟家，还待不住。
希月：妈，您别劝了，这个家我没法待了。
母亲：又和你爸吵架了？有话不能好好说啊。
【电视里正播放着《都挺好》。
希月（指着电视画面）：妈，我爸就是苏大强，太自私。
母亲：这孩子，咋说话呢。

希月：好了，我走了，您好好照顾自己，药吃完打电话给我。

母亲：吃完梨再走，你看都化好了。

【母亲说着，端起桌上化成水的软儿梨。

希月（望一眼梨，接过碗，喝了一口，交给母亲）：嗯，甜。妈您吃吧，我走了。

母亲（端着碗站在原地）：注意安全，把包拿好啊。

第六场

时间：下午
地点：村口
出场人物：希月

【希月拉着行李箱站在村头回望，洁白如雪的梨花铺满整个村庄。她掏出手机准备给大鹏打电话，无意中发现包里掉出一张纸。希月捡起来，发现里面裹着一张银行卡，纸上写着几行字：

月月，卡里是10万元，先拿去用，我再想办法。

【希月攥着父亲塞给自己的银行卡，突然不知所措，脑海中回忆起和父亲在一起的点点滴滴，不禁潸然泪下。

希月（拿起电话）：大鹏，我不想买房了。

大鹏：为什么啊？

希月：我们还年轻，我想先帮我爸办合作社，搞软儿梨产业。守着这么好的梨园，还为钱发什么愁啊。等过几年条件好了，我们买更大的房子，把爸爸妈妈全接来一起住，你说好吗？

【希月和小玉一起申请到银行的贷款，注册了合作社和商标，在果园里规划农家乐建设，建起了储藏库，成箱的软儿梨通过电子商务平台销售到全国各地。

第七场

时间：上午
地点：祠堂
出场人物：希月 小玉

希月：小玉，你说这世上什么最硬又最软？
小玉：嗯……是我们的软儿梨，冻的时候最硬，化开了最软。
希月：不错，可我觉得还有一样东西，是最硬的，也是最软的。
小玉：哦，什么啊？
希月：就是这个。
【希月做比心的动作。
小玉（点点头）：嗯，也对！

【农业微电影】

扎西有只小羊羔

Zhaxi has a lamb

刘国华　马鹏程

故事梗概：

　　小扎西出生在古老而神秘的扎尕那，父亲在外打工两年，领来一个汉族媳妇。因为家贫，生下小扎西后，媳妇便不告而别。一晃十年过去了。镇上为贫困户送来了精准扶贫的羊，小扎西家也领到了一只怀羔的母羊。不久母羊难产而死，小扎西对同样没有妈妈的小羊羔格外亲热。来村里旅游的年轻人用抖音记录下扎西和小羊的亲密场景，在网上热传，在餐厅做服务员的扎西母亲无意间看到儿子的视频，决心回家。羊羔到了回收的时候，村长带人来收羊，小扎西与小羊难分难舍之际，母亲出现了……

主要人物：

　　扎西：藏族小孩，10岁左右，读小学三年级

　　奶奶：勤劳的藏族阿妈，悉心照顾小扎西十年

　　父亲：妻子离家后整日酗酒，生活在半醉半醒中

　　阿秀：扎西的母亲，生下扎西后，因贫困而离

家出走

　　老村长：扎尕那村村长，对扎西家非常照顾

　　女青年：游客

　　女服务员：扎西母亲的同伴

　　【片头：羊的镜头转换。高原湛蓝的天空，朵朵白云化作奔跑的小羊，它们是欢乐的喜羊羊和小伙伴们。

　　【镜头切出，转到电视机外景。

第一场

时间：白天
地点：扎西家
出场人物：扎西 村长 爸爸 奶奶

【10英寸的小电视机里，正播着动画片《喜羊羊和灰太狼》，小扎西骑坐在一张小凳子上，正看得合不拢嘴。

村长（隔着院墙）：扎西，扎西，快叫上你爸，到村头领羊了！

扎西（跑出屋子）：村长，什么羊啊？

村长：扶贫的。贫困户每家都有，赶紧叫上大人过来。

【扎西进屋，爸爸在床上昏睡，旁边放着空酒瓶。

扎西：爸爸，村长说领羊了，爸爸快醒醒。

【扎西摇了摇爸爸，爸爸没有反应。扎西出了屋。

扎西：奶奶，奶奶。

【扎西边喊边进厨房找奶奶。奶奶走得很慢，扎西不住地转头催。

扎西：奶奶，快点啊。

【村庄全景，扶贫标语特写。

第二场

时间：白天
地点：村头广场
出场人物：扎西 村长 奶奶

【村头聚着的人已经逐渐散去，一辆三轮车上，还剩一只孤零零的羊。村长和送羊的人聊着天。

村长：扎西来了。别人都领完了，这只是特意给你家留的。

奶奶（端详着羊）：这羊好瘦啊。

村长（微笑着）：别看这只羊瘦，可怀着羊羔子呢，我特意给你家留的。

【扎西牵着羊回家，奶奶跟在后面。

村长：好好养，等过几个月，羊羔长大了就会有人来收，羊就变成钱了。

第三场

时间：傍晚
地点：扎西家
出场人物：扎西 奶奶

【扎西放学后急匆匆地跑回家。

扎西：奶奶，羊羔生了吗？

奶奶（递给扎西一只碗）：生了。快去你二婶家要点羊奶，给小羊羔喂。

【扎西走出几步又折回来。

扎西：奶奶，别人家的小羊都吃妈妈的奶，咱家小羊为什么要吃别人家的奶？

奶奶：母羊太瘦了，生下羊羔就走了。

扎西：走了？小羊的妈妈也和我妈妈一样，去很远的地方了吗？

奶奶：对，对，去很远的地方了，以后你要好好照顾小羊啊。

父亲（拿起酒瓶喝了一口）：阿妈，今天晚上有羊肉吃了。

奶奶（瞪了父亲一眼）：没用的东西，就知道吃，还不如个娃呢。

【特写镜头：扎西端回羊奶，颤颤巍巍地走进羊圈。

第四场

时间：傍晚
地点：羊圈
出场人物：扎西

【扎西一放学就进了羊圈，从书包里拿出一包方便面。

扎西：小羊羔，我考了100分，这是奶奶送给我的方便面，我最喜欢吃了，你也吃点吧。

扎西：小羊羔，你长大了。今天嘉措叔叔送我一根棒棒糖，可甜了，你尝尝。

扎西：小羊羔，明天就是周末了，我带你出去玩啊。知道你最喜欢吃糖，看，这是什么……

第五场

时间：白天
地点：山坡
出场人物：扎西 游客

【扎西牵着小羊来到山坡上，小羊一边吃草，一边和扎西欢快地玩耍，一群年轻游客走了过来。

女青年：好可爱的小羊啊，快来，帮我拍张照。

【女青年的同伴帮她拍照，小羊受到惊吓，跳起来要跑。

扎西：小羊羔不怕，给你糖吃。

【扎西拿出棒棒糖给小羊羔。

女青年：你们瞧，这小羊还吃糖呢，太好玩了！不行，我要拍个抖音。

【女青年拿出手机，开始拍摄小羊和扎西。

女青年：老铁们，见过吃糖的羊羔吗……

第六场

时间：下午
地点：酒店大厅
出场人物：阿秀 同伴

【休息时间，服务员们围坐在一起看手机。
女服务员：你们瞧，这只小羊好可爱啊，还有边上这个藏族小男孩。
大家（齐声）：是啊，是啊，多可爱。
女服务员：阿秀，你家不也是在甘南吗？快过来瞧瞧。
【阿秀凑过去看视频。当扎西的脸转过来的一刹那，阿秀惊诧万分。
阿秀：这是什么地方？
女服务员：扎尕那啊，你瞧，多美。
【阿秀怅然若失地走向一边，拿起一本泛黄的杂志，上面有一个妇联救助贫困儿童的专栏，小扎西的头像下写着：

扎西，藏族，10岁，迭部县扎尕那村，母亲出走，由年迈的奶奶照顾。

【看着照片，阿秀泪如雨下。

第七场

时间:下午
地点:村庄
出场人物:村长 奶奶 爸爸 扎西 阿秀

【村长带了收羊的客人到了扎西家里。村长点了钱,递给奶奶。一旁的父亲手里提着酒瓶,看着钱两眼发光。

村长:阿妈,收好啊,有这些钱,给扎西买套新衣服。

奶奶:谢谢村长啊,我这就牵羊去。

村长:对对,赶紧去,一会儿孩子回来了。那娃娃可喜欢这羊呢。

【奶奶刚把羊交到村长手里,扎西跑进来了。

扎西:奶奶,小羊要去哪里?

奶奶：小羊长大了，要去找他的妈妈了。

扎西：奶奶，能不能别让小羊走啊？

【奶奶拦住扎西，村长牵着羊走到门口。扎西挣脱奶奶，追了出来。

扎西：小羊，别走……

【门开了，阿秀提着行李出现在门口。

【咣当，酒瓶摔碎在地，父亲满脸惊喜。

父亲：阿秀……你回来了！

扎西（望着父亲）：妈妈？

阿秀（扔下行李，过来抱住扎西）：扎西，扎西，妈妈回来了，是妈妈。

扎西（痴痴地）：妈妈，能不能别让小羊走？我有妈妈了，小羊也就有妈妈了。

阿秀（捧着扎西的脸）：扎西，听妈妈说，现在扶贫政策好，回头妈妈给你养好多好多的羊，你说好不好？

【扎西用力地点点头。

【远景，村庄大景。

马红梅 饰 小花妈

杨元平 饰 老 杨

小康

缠朱索 破赤符
反贫困 奔小康

策划：路新华 文霞　导演/编剧：刘国华

郭吉生 饰 牛老汉

马欣茹 饰 小　花

生活在宕昌县车拉乡茹树村的牛老汉养了一辈子牛，2017年的一个大雪天，母牛难产而死，小牛也冻死了，没钱过年的儿媳妇常常埋怨牛老汉。茹树村成立养殖农民专业合作社吸纳贫困户入社，村干部动员牛老汉到合作社做了饲养员，牛老汉却把饮马牧场送来扶贫的进口纯种安格斯牛赶进了山放养。牧场的技术员来合作社饲养指导，和倔强的牛老汉起了冲突，得知牛老汉的家境后，技术员多次找牛老汉拉家常，帮老牛的孙子小花上学，帮牛老汉圆了梦。

甘肃省农垦集团有限公司　联合出品
甘肃农业出版传媒有限公司
甘肃农垦饮马牧业有限公司　支持

▲《安康》剧照　　　　摄影 / 罗浩浩

▲《安康》剧照　　　　　　　　摄影 / 罗浩浩

▲《安康》剧照 摄影 / 罗浩浩

【农业微电影】

安 康

Best of health

刘国华

故事梗概：

生活在宕昌县车拉乡茹树村的牛老汉养了一辈子牛。2017年的一个大雪天，一头母牛难产而死，小牛也冻死了，没钱过年的儿媳妇常常埋怨牛老汉，牛老汉一气之下分了家独自艰难生活。茹树村成立养殖农民专业合作社吸纳贫困户入社，村干部动员牛老汉到合作社做了饲养员，牛老汉却把农垦饮马牧场送来扶贫的进口纯种安格斯牛赶进山放养。牧场的技术员来合作社做饲养指导，和倔强的牛老汉起了冲突。得知牛老汉的家境后，技术员多次找牛老汉拉家常，不仅改变了牛老汉的养牛观念，还让牛老汉一家变得和睦起来。过上幸福生活的牛老汉给这些安格斯牛起了一个新名字——安康牛。

主要人物：

牛老汉：宕昌县车拉乡茹树村的养牛老人，因家庭纷争独居在外

老杨：饮马牧场技术员，茹树养殖农民合作社顾问

王书记：茹树村书记，合作社筹建人

小花妈：牛老汉的儿媳妇

小花：牛老汉的孙女

第一场

时间：下午
地点：茹树村
出场人物：小花 牛老汉 小花妈

【端午时节，宕昌县城热闹非凡，庙会上传统的羌藏民俗表演吸引了十里八乡的人前来观看，琳琅满目的小吃让人们流连忘返。

【牛老汉独自在炕沿上抽着烟，孙女小花悄悄端进来一碗甜醅。

小花：爷爷，我妈带弟弟去庙会了，我给您端了碗甜醅。

牛老汉（看看窗外）：乖娃娃，你赶紧拿走，不然你妈看见了又要打你。

【正说话间，就听见有人喊："小花。"小

花妈出现在门口。

小花妈：小花，你干啥呢？又偷好吃的是不是？谁让你干的？

【小花妈说着就顺手捡起一根棍子，朝着小花赶来，小花转身就跑，没跑几步就被妈妈拽在手里，棍子重重地落了下来。

【牛老汉看着落下的棍子，眼角噙着泪水，心头一颤，端起碗朝窗外扔了出去。

牛老汉：我不吃你的东西，你不要拿孩子出气！

【小花妈在外面一边叫骂，一边打孩子，牛老汉仰天长叹。他回想起两年前那场大雪，母牛难产而死，小牛也没挺过雪天，被冻死了。没了牛，就断了一家人的收入。眼看要过年了，家里却没有一分钱，小花妈哭了好几天，埋怨牛老汉没有照顾好牛。牛老汉一气之下，搬到院外的旧屋子里独自生活。

第二场

时间：白天
地点：合作社
出场人物：老杨 王书记

【饮马牧场的老杨刚刚在上海谈完牛种改良合作的事，就接到茹树村王书记打来的电话，希望他去合作社办养殖培训班。老杨从上海飞回来就直接往村上赶，一路上飞机转火车、火车转汽车、汽车转摩托车，好不容易来到村上。

【老杨来到合作社后，最先来到牛棚，却发现牛棚里一头牛都没有。

老杨（打电话给王书记）：王书记，你们的牛呢？

王书记（吃惊地）：在牛棚啊，我让老牛看

着呢。

老杨：你自己来看看就知道了。

【王书记匆匆忙忙赶到牛棚一看，倒吸一口凉气。

王书记：这牛去哪了？昨天还在呢啊？

老杨：赶紧派几个人去找找啊。

【王书记和老杨从合作社出来，见到村民就问。

村民：早上我看见老牛赶了一大群黑牛，朝山里去了。

王书记：这个老牛！你叫几个人，跟我去山里赶牛。

老杨：老牛是谁啊，他为啥把牛赶走了？

王书记：唉，村里的贫困老人，养牛是把好手，和儿媳妇一家过不到一块儿，我昨天刚动员他来合作社当饲养员。

第三场

时间：白天
地点：山上
出场人物：牛老汉 王书记

【王书记和老杨赶到山上，见牛老汉正东奔西走地吆喝着赶牛。

王书记（一边喘着粗气一边喊）：老牛，老牛，你先过来一下。

【老牛看书记来了，拿着鞭子朝书记笑着走来。

牛老汉：你别说，这些黑牛娃子还挺乖的，也不长角，你说稀奇不。

王书记：老牛啊，你怎么胡来呢？把牛赶到山上干啥？

牛老汉：你瞧这草多美，把牛都圈起来，不憋死才怪呢。

老杨：老哥，咱们这些牛是从澳大利亚引的纯种黑安格斯，吃的是配方饲料，不需要散养。

牛老汉（瞪大眼睛）：你懂啥！我养了一辈子牛，不比你们城里人懂得多？

王书记：咋说话哩，这是给咱们合作社提供牛犊子的杨总。这牛怎么养，要听杨总的。

牛老汉：我可是看你的面子才来合作社的。不听我的，找我来干啥呢？你能你自己养去。

【牛老汉扔下鞭子，转身下了山。

【王书记望望老杨，无奈地摇摇头。

第四场

时间：上午
地点：合作社会议室
人物：老杨 牛老汉

【老杨正在合作社的会议室给养殖户做养殖培训，王书记硬拉着牛老汉进了会场。牛老汉蹲在会场的角落里抽起烟，冷眼看着老杨讲课。

【老杨给村民介绍牧场现代化的养殖设备和流程，听老杨讲得越来越有味道，牛老汉的嘴角也露出了微笑。下课后，人都走光了，牛老汉却迟迟不肯离开。

老杨（走到牛老汉跟前，给牛老汉递上一支烟）：老哥，抽根烟吧。

牛老汉（拿出自己的卷烟）：你那个我抽不

惯，我还是来这个。

老杨：以前家里养几头牛啊？

牛老汉：多的时候七八头呢，要不是前年那场雪……听说你这黑牛娃子一万元一头呢，我两岁的牛都卖不上这个钱。

老杨：是啊，市场上卖一万二三呢，为了帮村上脱贫，才给的这个价，而且这牛养大后，场里比市场价高一些回收。

牛老汉：听你刚才讲的，这牛长肉可真快，比我以前养的老黄牛划算多了。

老杨：那当然，关键这牛的品种好，从国家级标准育种场繁育的。这种牛不怕冷，长肉还快，最适合这里养。不过，要想长得快，还是得用配方饲料，不能像以前，往山里一赶就完事。

牛老汉（点点头）：对对，你说的对。

【镜头转到在牛棚里吃饲料的牛。

第五场

时间：傍晚
地点：牛棚
出场人物：老杨 小花 牛老汉

【吃过晚饭，见天色尚早，老杨到村口的小卖部买了一瓶酒，去找牛老汉拉家常。到了牛老汉屋子门口，却发现房门紧闭。旁边的院门口探出一个小姑娘的脑袋，正呆呆地看着老杨。

老杨：你是老牛的孙女吧？你爷爷去哪了？
小花：他搬到牛棚去睡了。

【老杨不解地来到牛棚，发现牛老汉靠着一床破旧的铺盖，正躺在牛棚边。

老杨：老哥，你怎么跑这睡来了？
牛老汉：这牛可金贵着呢，再不能出啥事，

我还是看着放心。

老杨：晚上凉，跟我回去吧，别在这儿躺了。

牛老汉：不行，书记把牛交给我，不看好了我心里不踏实。

老杨（无奈地摇摇头）：好吧，我带了瓶酒，就陪你在这喝两口。

【几杯酒下肚，牛老汉渐渐吐露心声，把辛酸事一股脑说了出来。

牛老汉：兄弟，你是个好人，老哥托你办个事。

老杨：老哥，你尽管说。

牛老汉（从兜里摸出一把纸币）：这是我攒下的钱，你交给小花妈，小花上学租房要用钱。

老杨（把钱塞还给牛老汉）：这些钱你先收着。老哥你放心，我明天找书记帮你预借点工资，小花上学的事就交给我了。

第六场

时间：上午
地点：村委会
出场人物：老杨 王书记

【村部办公室，老杨找到王书记。
老杨：书记，我想求您个事。
王书记：杨总客气啥，有事您尽管说。
老杨：我想预支点老牛的工资，他家里需要用钱。
王书记：你倒是比我这个书记都关心村上的事。我这里有1000块，你先拿给老牛，等这批牛出了栏，他们这些贫困户每家能分红四五千呢。
老杨：好，好，我替老牛谢谢你了。

第七场

时间：上午
地点：小花家
出场人物：老杨 小花妈

【老杨拿出王书记给的钱，又从自己的钱包里拿出1000元放了进去，装进一个信封，来到小花家。

老杨：小花妈在家吗？

小花妈（迎了出来）：是杨总啊，快进屋。

老杨（拿出信封）：不客气了，这是老牛的工资，托我带给你，你拿着，到镇上租个房子，带着小花和他弟弟去上学。

小花妈：他爷爷这人，这事还麻烦您。

老杨：小花爷爷是个牛脾气，你多体谅些。等孩子爸打工回来，把老人接过来一起过吧。

【老杨说完转身离开了。小花妈打开信封，看着里面的钱，不知道说什么好。

第八场

时间：中午
地点：村口
出场人物：王书记 老杨 小花 小花妈

【村口，老杨准备离开，王书记和村里的人都来送行。

王书记：杨总，这次可真谢谢你了，不但给我们提供牛，还亲自来给大家做培训。

老杨：书记客气啥，看着大家日子过好了，我比啥都高兴。

王书记：对了，老牛昨天来找我，说咱这个牛的名字太难记，以后就叫它安康牛，怎么样？

老杨：安康，好啊，好名字。

【老杨一抬头，不远处的山头上，牛老汉和小花、小花妈一起来送行，顿时感觉一股暖流涌上心头。

探村

根据甘肃农垦扶贫干部
邓会平真实故事改编

陈华 饰 丽丽

刘涵舟 饰 女儿

策划：路新华 文霞　导演/编剧：刘国华

　　妻子刚刚做完手术，在王铺镇帮扶的第一书记邓会平就悄悄离开了医院，赶回了曹家湾村。妻子康复后，决定和狠心的丈夫离婚，她拿着写好的离婚协议书，决定利用周末的时间，带孩子去曹家湾让丈夫签字。妻子带着孩子一路奔波，终于来到曹家湾，孩子打开紧紧攥了一路的礼物，里面的蛋糕早已被颠簸得粉碎。听说邓会平的爱人和孩子来了，帮扶干部们纷纷来到村委会，讲着邓书记的故事，看着眼前的情景，妻子不禁流下眼泪，悄悄撕毁了离婚协议。

扫一扫在线观看

甘肃省农垦集团有限公司
甘肃农业出版传媒有限公司　联合出品

▲《探村》剧照　　摄影 / 刘国华

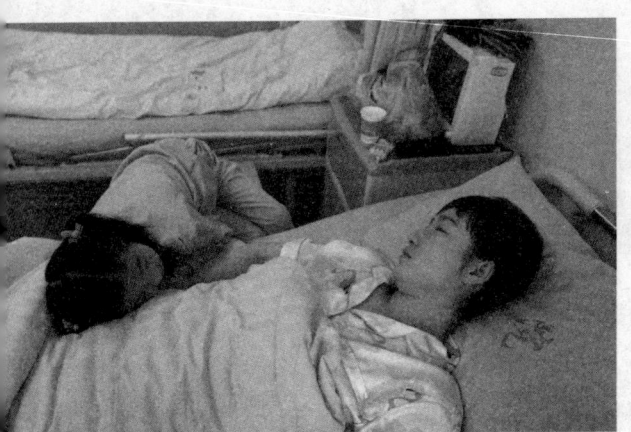

▲《探村》剧照　　　　　　　　摄影 / 罗浩浩

▲《探村》剧照　　　摄影/陈晨

【农业微电影】

探　村

Visiting Village

刘国华

故事梗概：

妻子刚刚做完手术，在王铺镇帮扶的第一书记邓会平就悄悄离开了医院，赶回了曹家湾村。妻子康复后，决定和狠心的丈夫离婚。她拿着写好的离婚协议书，利用周末的时间，带孩子去曹家湾让丈夫签字。妻子带着孩子一路奔波，终于来到曹家湾村。见到丈夫时，会平正在屋子里做着自己的扶贫规划。孩子打开紧紧攥了一路的礼物，里面的蛋糕早已被颠簸得粉碎。听说邓会平的爱人和孩子来了，村民们纷纷来到村委会，讲着邓书记对他们的好。看着眼前的情景，妻子不禁流下眼泪，悄悄撕毁了离婚协议。

主要人物：

邓会平：甘肃农垦派驻秦安王铺镇帮扶干部
丽丽：邓会平的妻子
女儿：邓会平的女儿
司机：出租车司机
律师：律师事务所工作人员，受丽丽委托起草离婚协议书

第一场

时间：凌晨
地点：家中
出场人物：丽丽 女儿

　　字幕：凌晨6:00
　　【一阵急促的闹铃声。镜头从蒙蒙亮的外景推进到会平家的窗户，灯突然亮起。
　　【镜头转到室内，丽丽从床上起身，看一眼手机上的时间，推了推身边熟睡的女儿。
　　丽丽：宝宝，赶紧起床。
　　女儿（揉揉眼睛）：妈，今天不是周末吗，干吗起这么早？
　　丽丽：我们说好的去看爸爸啊。你赶紧起，我去收拾东西。

【听说要去看爸爸,女儿一骨碌爬起来,冲到厨房,拿出早已包好的礼盒。

女儿:妈妈,这是我给爸爸准备的,可以带上吗?

丽丽(急匆匆地收拾着行李):好吧。

第二场

时间：清晨
地点：出租车上
出场人物：丽丽　女儿　出租车司机

　　字幕：早晨7:26
　　【丽丽带着女儿下楼，打了一辆出租车。
　　司机（从后视镜中看了一眼母女俩）：这么早就去车站，是出去旅游吗？
　　丽丽（有些迟疑）：哦，不，去乡下亲戚家。
　　女儿：我们去看爸爸，我爸爸在村上扶贫呢。
　　司机（笑笑）：是帮扶干部啊，真不容易。
　　【司机的话音刚落，丽丽脑海中浮现出自己住院做手术的场景。画面转到黑白画面，呈现回忆场景。

【刚刚做完手术的丽丽躺在病床上,麻药过后,伤口开始隐隐作痛。

丽丽:会平,会平,我想喝水。

女儿:妈,大夫说你不能喝水,我帮你润润嘴唇吧。

【女儿拿棉签蘸了水,轻轻涂在妈妈嘴上。

丽丽:你爸呢?

女儿:爸爸说他有事回村上了,给你留了封信。

【女儿把信递给妈妈。丽丽打开信封,见一张白纸上写着这样一段话:

丽丽:

　　大夫说你的手术很成功,休息几天就可以出院了。村上今年新栽的苹果和花椒都是挂果的关键时期,还有水渠也要抓紧修,再遇上去年的暴雨可要出人命的。我托了妹妹来照顾你,我先回村上了。

　　另外答应女儿陪她过生日的,怕是没时间了,你给他过吧!

会平

【看完会平的信,丽丽忍不住流下眼泪。她把信揉成一团,扔在地上。

第三场

时间：早晨
地点：火车站广场
出场人物：女儿 丽丽 律师

字幕：上午8:15
【火车站前的广场上人来人往，丽丽拉着女儿在人群中穿梭，女儿牢牢抱着手中的盒子。
【突然，人群中走来一个扛大包的，碰掉了孩子手中的盒子。
女儿：妈妈，盒子掉了。
丽丽（捡起盒子放到垃圾桶旁边）：算了，不拿了，赶不上车了。
女儿：不行。
【女儿捡起盒子，跟着妈妈跑了过去。

【丽丽拉起女儿快步向前,脑海中再次浮现出不久前去律师事务所的场景。镜头切换至黑白画面。

【律师将拟好的离婚协议书交到丽丽手中。

律师:财产平均分配,孩子由您抚养,请您再确认一下。

丽丽(看了看协议书):我这边没啥问题了。

律师:那好,只要您爱人签字,就可以去办离婚手续了。

【丽丽拿起离婚协议书,走出了律师事务所。

【镜头切大景,动车在山间快速穿梭。

第四场

时间：下午
地点：乡村公路
出场人物：女儿 老乡 会平

　　字幕：下午14:40
　　【乡村公交一路颠簸着，丽丽和女儿坐在车上。女儿打着瞌睡，手里紧紧抱着盒子。
　　【邻座的一位阿姨好奇地打量着这对母女。
　　老乡：这娃娃多心疼。你拿的什么啊？一路都拿得这么紧。
　　女儿（看看阿姨）：给我爸爸的礼物。
　　老乡：你爸爸在哪？
　　女儿：我爸爸在村上扶贫呢。
　　老乡：哦哦，真是乖娃娃。

【女儿的脑海中，浮现出和爸爸在一起的场景。镜头转到黑白画面。

【会平抚摸着女儿的头，和女儿告别。

会平：我走了之后，你就是家里唯一的"男子汉"，一定要照顾好妈妈，知道吗？

女儿（点点头）：嗯。

会平：老师说你最近成绩下滑得厉害，学习可不能耽误啊。

女儿：我知道了，期末一定考好。不过爸爸要答应我一件事。

会平：好的，只要你好好学习，爸爸就答应你。

女儿：再过两个月是我的生日，别的同学都是和爸爸妈妈一起过生日的，这次你必须陪我一起过。

会平：好，好，爸爸答应你。

第五场

时间：下午
地点：乡村公路
出场人物：丽丽 女儿 放羊人

　　字幕：下午15:50
　【镜头转到满山的苹果树和花椒树上。
　【崎岖的山路上，丽丽拖着行李往前走，碰到人就打听曹湾的所在。女儿跟在身后，手里依然紧抱着盒子。
　【一位放羊的老汉远远望着这对奇特的城里母子，抖了一下鞭子，唱起了秦安小曲：
　　春风北草任意逍遥，青山绿水难画描，
　　佳人才子把景眺，远远望见来了一位车伙夫，漫步逍遥。

头戴一顶缨花草帽，蓝翎飘绕；
身穿一件大布汗衫，腰系一根大布缠带；
周身悬挂几万绣花荷包。
满腰中转，鞭子打来，穗子绕，哎！
我在这里喝了一声，喊了一声哆儿打，
小花骡儿呀是过了大通的桥，
过了大通的桥。

第六场

时间：下午
地点：曹湾村
出场人物：会平 丽丽 女儿

字幕：下午17:07
【会平正专心做着自己的帮扶计划，一转头，发现丽丽和女儿出现在门口。
会平：你们怎么来了？也不打个电话。
丽丽：我有事要和你说，必须当面说。
女儿：爸爸。
会平：乖女儿，走累了吧。
【会平说着，一把抱起女儿。
女儿：爸爸，这是我给你带的礼物。
会平：大老远的还带东西。

【会平边说边拆开盒子。盒子里的蛋糕已经摔得粉碎。

女儿：爸爸对不起，都是我没用，蛋糕都碎了。

会平（忍不住满眼热泪，用手抓了一把蛋糕放进嘴里）：嗯，好吃，真好吃，谢谢女儿。

女儿：今天是我生日，你说过要陪我过的，我都告诉全班同学了，今年的生日，爸爸会陪我过。

【丽丽望着女儿，心酸地把头偏向一边。

第七场

时间：下午
地点：村部
出场人物：村民 村干部 会平 蔡镇长 丽丽

字幕：下午17:27
【听说邓书记的爱人来了，村民们纷纷来到村部，在会平办公室门口围了一圈。

村民甲：邓书记是好人啊！我当兵入党30年了，第一次见有人拿自己的钱给我们买奖品。

村民乙：我妈80多岁了，瘫痪了，弟弟也是残疾人，多亏邓书记从农垦争取到10万元，给我家翻修了房子，还买了电视、洗衣机。

村民丙：邓书记帮我们建果园、种花椒，还在网上帮我们卖呢。

村民丁：原先我们这的路全是土路，一下雨

全是泥。现在好了，邓书记帮我们修了水泥路。

村民戊：邓书记救过我一家人的命呢！去年下暴雨，不是邓书记来喊，我们一家都被埋到房里了。

村民己：邓书记帮我们种冬青，收入比种麦子好多了。

村民庚：我家娃娃大学毕业，还是邓书记帮忙给找的工作。

……

【大家你一言我一语地说着。蔡镇长领着两个村干部走了过来。

蔡镇长：都回去吧，让嫂子和孩子都休息一会儿。嫂子，你瞧，邓书记在我们村上人缘多好。说真的，像邓书记这样拼命给村上办实事的驻村干部可真是不多啊。

村干部：就是啊。嫂子，去年下大雨那次，邓书记带我们去巡查，路上车差点滑到悬崖底下，我们三个差点连命都搭上。像邓书记这样负责的人不多了。

蔡镇长：好了好了，说起邓书记你们就没完了，回去吧，晚上给嫂子和孩子弄点好吃的。

【人群纷纷散去，丽丽也抽身走了出来，在村部前一块空旷的原野上，望着沟壑纵横的田野。

【丽丽从包里拿出那份早已准备好的离婚协议书，把它撕得粉碎，抛撒在风中。

【农业微电影】

依 米

Yi mi

刘国华

故事梗概：

自由画家依米一直向往沙漠中的景色，独自驾车前往巴丹吉林沙漠采风。突遇沙尘天气，在沙漠中迷失方向的依米被蛋蛋带回家，蛋蛋一家人奇怪的生活方式吸引了她的注意。依米被这家人坚守沙漠的故事深深打动，与治沙志愿者老陈一起将蛋蛋带出沙漠……

主要人物

依米：女性，30岁，自由画家，一次说走就走的旅行中在民勤巴丹吉林沙漠邂逅坚守对抗沙漠的一家人

冷爷：坚守沙漠50多年的老一辈治沙人

莲姐：冷爷的儿媳，性格内向，丈夫因寻羊在沙漠里失踪

蛋蛋：冷爷的孙子，10岁，自闭害羞，因为学校离家远，二年级就辍学在家

老陈：志愿者，在民勤沙漠治沙10年，冷爷的知己

第一场

时间：上午
地点：美术馆、沙漠、汽车场景切换
人物：依米　蛋蛋

【依米的个人画展"民勤民勤"正在举办。依米来到一幅油画前，画中的男孩睁着大大的眼睛蹲在地上，身后是一片黄沙，脚下是一朵绽放的小花。

【依米望着小男孩。镜头顺着依米的目光，进入画中的世界：午后的沙漠——

【蛋蛋蹲在黄沙里，两眼紧紧地盯着眼前的一只小甲虫，身边的小收音机里正播着天气预报：今明两天，河西走廊将有一场扬沙天气……

【甲虫突然快速爬行起来。蛋蛋站起身，

追了出去，收音机孤独地在沙丘上继续播报着天气——

【镜头从收音机特写切换到汽车的中央操控台，播放着同样的天气预报：我省河西走廊地区将有7~8级大风，伴有浮尘和扬沙，请做好防范措施。

【依米独自驾车，收音机信号时断时续。依米将收音机调到音乐模式，播放起《沙漠骆驼》。依米开大音量，在音乐声中，车向着巴丹吉林沙漠疾驰而去。

第二场

时间：傍晚
地点：青土湖
出场人物：依米

【太阳西斜，阳光下的沙漠被勾勒出一条条明暗分明的线条，微风吹起青土湖湛蓝的湖水，让人心旷神怡。

【依米站在湖边，拿起写生本，勾勒着美丽的线条。看看四下里无人，依米扔掉肩头的红色披风，脱掉白衬衣，向湖水中走去。

【蛋蛋追赶的甲虫不见了踪影。他四处寻找，突然，沙尘暴如一面黑色的沙墙席卷而来。蛋蛋想起收音机还在沙丘上，向着沙尘暴的方向冲了过去。

【依米坐在湖水中，闭着眼睛享受着这一切。突然，耳边风声大作，风吹起依米的长发。依米睁开眼睛，眼前的天空已经变成黑色，一面巨大的沙墙冲了过来。

【依米急忙穿好衣服。到处灰蒙蒙一片，早已不见了车的踪影。依米裹紧衣服，在沙漠中艰难前行，不知不觉晕了过去。恍惚间，一个黑黑的小男孩出现在沙尘中，手里拿着一个破旧的收音机。

第三场

时间：早晨
地点：蛋蛋家中
出场人物：依米 莲姐 蛋蛋

【依米睁开眼睛，发现自己躺在土炕上，床头放着小半碗水，莲姐坐在炕边做着针线活。

莲姐（看了依米一眼，放下针线，端起碗）：醒了？喝口水吧。

【依米端起碗，一饮而尽。

依米：大姐，能再给我一碗水吗？

【莲姐看了一眼依米，没有答话，走了出去。

【依米转头，发现窗口有个探头探脑的小男孩，赶紧招招手。

依米：小朋友，你好啊，你叫什么名字？

蛋蛋：蛋蛋。

依米：是你带我回来的吗？

【蛋蛋点点头。

依米（抚摸着蛋蛋的头）：谢谢你啊，能再给姐姐一点水吗？

蛋蛋（摇摇头）：一人一天半碗水，爷爷说的！这个给你。

【蛋蛋从怀里拿出一个人参果，擦了擦，递给依米，然后转身跑了出去。

第四场

时间：上午
地点：蛋蛋家的院子
出场人物：依米 蛋蛋 冷爷

【依米下了炕，来到院中，发现蛋蛋提着两只水桶从厨房走出来。

依米：蛋蛋，你要去打水吗？

【蛋蛋没说话，看了一眼拿着扁担的冷爷。

依米：我跟你们一块儿去吧。

【冷爷走在前面，依米和蛋蛋跟在后面。

依米：蛋蛋，你哪里来的人参果啊？

蛋蛋：陈伯伯给的，他种了好多，还有枸杞。

【三个人来到水井边，冷爷打上来一桶水。

依米走到水桶旁，掬了一捧水洗脸，洗完后，刚准备倒掉剩下的水，抬头一看，冷爷和蛋蛋正吃惊地看着自己。依米浑身不自在，冷爷突然一把抢过水桶，挑着水走了。

依米（追上蛋蛋，拉住他）：蛋蛋，你瞧这是什么？

【依米从口袋里拿出一颗巧克力，剥去包装纸，塞到蛋蛋嘴里。

依米：好吃吗？

【蛋蛋点点头。

依米：帮姐姐一个忙，带我到昨天你找到我的地方，找到我的车，我车上有好多巧克力呢。

第五场

时间：中午
地点：路边
人物：依米 蛋蛋 冷爷

【依米和蛋蛋来到车边。依米迫不及待地上车，启动了几次，却发现打不着火。依米失望地砸向方向盘，空旷的沙漠里响起一声刺耳的汽笛声。

【依米垂头丧气地走下车，蹲在车旁。蛋蛋看了看依米，突然跑开了。

依米：蛋蛋，蛋蛋，你去哪啊？

【蛋蛋没有回头。依米起身踢了一脚车轮，十指伸进头发里。

【依米从车里摸索出手机，转了几圈，发现

没有信号,只好再次坐在地上。

【忽然,传来一阵脚步声,依米抬头一看,冷爷和蛋蛋赶着骆驼出现在不远处。

【冷爷把拖车绳拴到骆驼身上,准备起身。

依米:大爷,真的太谢谢您了。

冷爷:先拉回家吧。过几天老陈带人来种梭梭,他有办法把你这铁疙瘩弄好。

【远景:骆驼拉着小车,在空旷的路上走远。

第六场

时间：傍晚
地点：蛋蛋家后面的沙丘
出场人物：依米 冷爷 蛋蛋 莲姐

【天色渐暗，寂静的沙漠更加安静，一家人在小院里吃面。依米吃饭慢，没吃几口，发现蛋蛋一家人已经呼啦呼啦地吃完了。冷爷蹲到墙角去卷烟，蛋蛋拿起收音机出了门。

莲姐（麻利地收拾着碗筷）：你慢慢吃。

【依米一个人吃完饭，去厨房放碗，却不见莲姐的身影。依米问正在抽烟的冷爷。

依米：大爷，蛋蛋和莲姐呢？

【冷爷向着门外的山头努努嘴。依米起身来到门口，从车里取出剩下的巧克力，向着冷爷所指的山头走去。

【依米听到吱吱呀呀的收音机声音，寻着声音来到蛋蛋身边，突然发现莲姐站在更远的沙丘上。

依米（把巧克力递给蛋蛋）：喜欢吗？

【蛋蛋点点头。

依米：都给你。

【蛋蛋伸手接住，仔细地剥巧克力。

依米（坐到蛋蛋身边）：你妈妈在做啥？

蛋蛋：等爸爸。

依米：你爸爸去哪了？

蛋蛋：找羊。

依米：去了多久了？

蛋蛋：好久了，反正妈妈每天都来等。

第七场

时间：早晨
地点：家中
出场人物：依米 蛋蛋

【一大早，依米隐约听到汽车的声音，赶紧起床。正在化妆时，发现窗口的小黑脑袋又在窥探。

依米（边画眉边说）：进来吧，蛋蛋。

【蛋蛋掀起门帘溜了进来，走到依米身边，拿出一个人参果，擦了擦，放到依米面前。

依米（摸摸蛋蛋的头）：哪来的？

蛋蛋：陈伯伯来了。

依米（望望窗外）：一会儿你带我去找他。

【蛋蛋点点头，两眼紧紧盯着依米。

依米（微笑着）：你看什么？

蛋蛋：真好看！

依米（指着蛋蛋的头）：小坏蛋。

【依米看蛋蛋的嘴唇有些干，拿出自己的唇油，涂在蛋蛋的嘴唇上，蛋蛋用舌头舔唇油。

依米（大笑）：别舔啊，来给你再涂一点。

第八场

时间：早晨
地点：堂屋
出场人物：老陈 冷爷 依米

【蛋蛋和依米来到堂屋，冷爷和老陈坐在炕头抽烟。

老陈（打量了依米一眼）：门口是你的车啊？

【依米点点头。

老陈：漏油了，回头给你收拾一下就可以开了。

依米：谢谢大哥。你不像本地人。

老陈：你是画家吧？

依米：喜欢画画而已。你怎么知道的？

老陈：来这边治沙10年了，我看人特准。

依米：蛋蛋说你是种人参果的？

老陈（看一眼蛋蛋，笑着说）：这两年治沙有些成效，政府也支持，就在成林的沙田里种了些人参果、枸杞啥的，长得还不错。

依米：治沙挺难吧。

老陈：你说呢？哈哈，说实话，这些年要不是生意还可以，真坚持不下来。

依米：你做啥生意？

老陈（递给依米一张名片）：以后多指导，今天我是来请冷哥帮着治沙的。来了一批志愿者，你也去瞧瞧？

【依米点点头，再看名片上，写着"××集团公司董事长 陈××"，不由得心生敬佩。

第九场

时间：白天
地点：沙丘
出场人物：依米 老陈 冷爷 蛋蛋

【依米跟随老陈和冷爷出门，来到不远处的一片沙丘，这里人声鼎沸，一群年轻人正在志愿者的指导下铺草、种梭梭。
【远景：治沙大景。
【依米跟着冷爷，看冷爷熟练地做着挖坑、压草的动作。
依米（喘着气）：大爷，这能活吗？
冷爷（指了指身后成片的林子）：这些都是我种的。
依米：大爷，对不起，那天我不应该浪费水。

冷爷：没事，你们城里人习惯了。

依米：为啥不让蛋蛋上学呀？

冷爷：学校在镇上，离这二十多里地呢。前几年他爸骑摩托车送呢，现在没人送了。

依米：蛋蛋说他爸去找羊了，怎么不见回来？

冷爷（突然停下动作，神情黯然）：怕是回不来了。快两年了，我让大莲带着蛋蛋改嫁，她就是不肯……

依米：我看村里人都搬走了，您为啥不走？

冷爷：往哪搬啊？不管你跑到哪，这黄沙都能撵上你。

【镜头切换到城市。漫天的沙尘肆虐在城市上空，收音机里播着有关沙尘的内容："本次扬尘天气蔓延的范围极广，我国北方大部分城市都遭遇到沙尘，下面我们就请××大学的××教授为大家分析一下……这次沙尘天气的源头产生于巴丹吉林沙漠和腾格里沙漠交汇的民勤地区，通过持续的治沙，已经有效阻断了沙漠的推进速度……"

第十场

时间：白天
地点：蛋蛋家大门口
出场人物：老陈 依米 蛋蛋

【老陈从依米的车下爬出来，摘掉手套，拍拍车身。

老陈：试试吧。

【依米在驾驶室里转动钥匙，汽车发动起来了。

依米（走下车）：陈哥，太谢谢您了，让您这样的大老板给我修车，真不好意思。

老陈：客气啥！在这沙漠里，没有啥老板，大家都一样。

依米：对了陈哥，跟您商量个事。

老陈：你尽管说。

依米(看看一边玩耍的蛋蛋):蛋蛋一直这样下去也不行,该让他回到学校去。

老陈:是啊,我也着急。县里整体搬迁的房子早就建好了,老冷就是不愿意搬,现在村里就剩他一家人了。

依米:我想把蛋蛋带到城里去上学,你看可以不?

老陈:这样最好不过了!孩子上学,所有的费用我来承担。

【两个人再次将目光望向蛋蛋。

第十一场

时间：白天
地点：蛋蛋家
出场人物：依米　蛋蛋

　　【依米收拾好行装，正望着窗户发呆，蛋蛋突然掀开门帘。
　　依米：蛋蛋，姐姐有话跟你说，正找你呢。
　　【蛋蛋走过来，拉着依米就走。
　　【蛋蛋拉着依米翻过一个小沙丘，在一簇蓬蓬草中间，盛开着一朵黄色的小花。
　　依米：好美的花，你怎么找到的？
　　【蛋蛋不说话，只是傻笑着。
　　依米：蛋蛋，听姐姐说。我带你去城里上学好吗，那里有好多小伙伴。

蛋蛋：有巧克力吗？

依米：嗯，有好多好多的巧克力。

蛋蛋：那我要带上闹闹。

依米：闹闹是谁啊？

蛋蛋（拿出那个破旧的收音机）：就是它呀，陈伯伯送我的，每天都陪我说话。

依米：好啊，好啊，带上闹闹。

第十二场

时间：白天
地点：美术馆
出场人物：依米 蛋蛋

【镜头再次切换到美术馆的油画上，慢慢拉大到依米的背影。

【依米的电话铃突然响起。依米拿出手机，出现蛋蛋的头像。

依米：蛋蛋啊，作业写完了没？今天把作业都写了，明天姐姐带你回民勤，我们去参加治沙活动，顺道去看你爷爷和妈妈……

【镜头聚焦到画展"民勤民勤"的海报，逐渐放大，出现"绝不让民勤成为下一个罗布泊"的标语以及治沙英雄和治沙场景。